SWITCH
SUERO PARA EL TOTAL SECUESTRO CELULAR

3

Problema de Grillos

Ali Sparkes

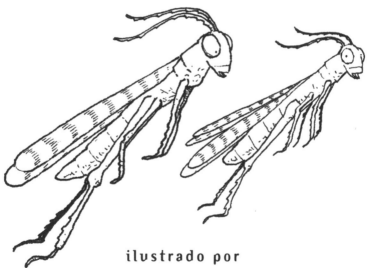

ilustrado por

Ross Collins

Uranito

URANITO EDITORES
ARGENTINA - CHILE - COLOMBIA - ESPAÑA
ESTADOS UNIDOS - MÉXICO - PERÚ - URUGUAY - VENEZUELA

Título original: S.W.I.T.C.H.
(Serum Which Instigates Total Cellular Hijack)
Grasshopper Glitch
Editor original: Oxford University Press

SWITCH (Suero para el total secuestro celular)
Problema de grillos
ISBN: 978-607-7481-54-6
1ª edición: septiembre de 2018

Ediciones Urano México, S.A. de C.V.
Av. Insurgentes Sur 1722, piso 3, Col. Florida
C.P. 01030, Ciudad de México
www.uranitolibros.com
uranitomexico@edicionesurano.com

Diseño gráfico del logo SWITCH: Dynamo Ltd
Adaptación de diseño: Joel Dehesa

Impreso en Litográfica Ingramex S.A. de C.V.
Centeno 162-1, Col. Granjas Esmeralda
C.P. 09810, Ciudad de México

Impreso en México – Printed in Mexico

Para Elena

Danny y Josh
(y Piddle)

¡Podrán ser gemelos, pero para nada son iguales! Josh adora a los insectos, las arañas, los bichos y los gusanos. Danny no los soporta. Cualquier cosa pequeña y con múltiples patas lo aterroriza. Por lo tanto, compartir su habitación con Josh puede ser... ejem... interesante. Aunque a los dos les encanta poner insectos en los cajones de su hermana Jenny...

Danny
- NOMBRE COMPLETO: Danny Phillips
- EDAD: 8 años
- ESTATURA: más alto que Josh
- COSA FAVORITA: andar en patineta
- COSA MÁS ODIADA: los bichos rastreros y la limpieza
- QUÉ QUIERE SER DE GRANDE: doble de películas

Josh

- NOMBRE COMPLETO: Josh Phillips
- EDAD: 8 años
- ESTATURA: más alto que Danny
- COSA FAVORITA: coleccionar insectos
- COSA MÁS ODIADA: andar en patineta
- QUÉ QUIERE SER DE GRANDE: entomólogo (estudiar insectos)

Piddle

- NOMBRE COMPLETO: Piddle, el perro Phillips
- EDAD: 2 años de perro (14 años de humano)
- ESTATURA: no mucha
- COSA FAVORITA: perseguir palitos
- COSA MÁS ODIADA: los gatos
- LO QUE MÁS QUIERE HACER: morder una ardilla

ÍNDICE

Viajeros nerviosos

Danny estaba inquieto.

"¡Deja de hacer ese ruido!" gritó Josh mientras esperaban afuera de la reja. Danny hacía un sonido chillón muy peculiar con los dientes. Trataba de aprender a silbar, pero lo único que lograba era sonar como cadena de bicicleta oxidada arrastrándose contra una bandeja de metal.

No le hizo ningún caso.

"¿Puedes dejar de hacer eso?" Josh le dio un golpe con la lonchera en la parte de atrás de su cabeza, y su gemelo volteó a verlo sobándose sus picos de cabello rubio.

"¡No puedo evitarlo, estoy nervioso!" agregó Danny mientras veía el automóvil en la calle. El mismo auto que los llevaría al colegio esa mañana. Mamá no podía llevarlos, así es que la vecina de al lado, Petty Potts, les daría un aventón. Solo había ido por su bolso a su casa y pronto estarían en camino.

Josh también veía el automóvil y sentía que su hermano tenía algo de razón para estar nervioso. El auto de Petty era tan viejo que estaba hecho de madera. La mitad trasera del vehículo parecía un pedazo de un antiguo bote y los asientos color verde oscuro eran como piezas de museo. Piddle, su perro terrier, pataleaba contra una de las llantas traseras.

"¡Debe ser ilegal circular por las calles en esto!" dijo Danny cuando Petty salía por la puerta de su casa con un gran bolso tejido en las manos. "Quiero decir, ¿crees que tenga licencia?"

"Vamos, muchachos, suban," dijo Petty al abrir la puerta y mover el asiento del pasajero para que ellos pudieran subir a la parte trasera.

"¡Oh, aléjate de mis neumáticos, criatura cochina y con fugas!" fulminó a Piddle con la mirada y el perro le devolvió un gruñido antes de salir corriendo de vuelta al jardín y por el pasillo lateral al oír que mamá cerraba la reja.

Petty cerró y dio la vuelta hacia la puerta del conductor. Llevaba puesta su gabardina café y el mismo sombrero de siempre, encajado por encima de sus anteojos. Se veía justo como Danny pensaba que debía verse alguien que manejaba una carcacha como esa. "Fuchi." Le hizo una cara a Josh mientras se acomodaban en el asiento de piel cuarteada que rebotaba y olía como museo.

"¿En dónde están los cinturones de seguridad?" preguntó Josh quien miraba a izquierda y derecha.

"Es un Morris Minor, Josh," dijo Petty y continuó encendiendo el motor hasta hacerlo cobrar vida. "En 1966 no los hacían con cinturones de seguridad. Solo

agárrense fuerte, no pienso chocar." Dio vuelta, puso
su bolso en el asiento trasero, en medio de los dos, e
hizo una mueca que seguramente pensó que sería una
sonrisa tranquilizadora.

Sin embargo, las sonrisas tranquilizadoras de Petty
Potts nunca surtían efecto. Danny se agarró con
fuerza de una correa de cuero que colgaba sobre la
ventanilla y la miró molesto.

Josh hizo lo mismo.

"¡Oh, por todos los cielos!" resopló al mismo
tiempo que giraba y empezaba a conducir dando
tumbos por las calles. "¡Deberían confiar un poco en
mí, no voy a matarlos!"

Danny y Josh le levantaron las cejas idénticas por el espejo retrovisor. Era verdad que Petty nunca había intentado matarlos. Pero ciertamente los había acercado más a una muerte extraña y sangrienta, que ningún otro adulto que conocieran. Desde que se encontraron con su laboratorio subterráneo secreto, escondido debajo del cobertizo de su jardín, habían estado a punto de ser aplastados, ahogados, destrozados, agujereados, momificados y devorados, más veces de las que quisiera recordar. Petty podía parecer una dulce ancianita, pero era el genio inventor del spray SWITCH, que podía convertirlos en insectos rastreros con tan solo unas cuantas rociadas. De hecho, Danny y Josh ya habían sido transformados en arañas y moscas, y eso ya era más que suficiente.

Ponerle 'spray para el total secuestro celular' a su spray SWICTH lo hacía sonar divertido. Y lo era, siempre y cuando no te importara ser devorado, ahogado, convertido en sopa o aplastado con una sandalia gigante.

"¿Algún otro efecto secundario luego de su aventura como moscas?" les preguntó Petty muy animada y casi a gritos para que la oyeran por

15

encima del escándalo que hacía el viejo motor de cincuenta años.

"No. Ya dejamos de oler los botes de basura," dijo Josh. "Y Danny no ha escupido en las donas ni ha intentado subir por la ventana de la cocina desde el martes pasado." Suspiró y luego sonrió para sí mismo. Ser mosca había sido muy emocionante. Hasta a Danny le había encantado, bueno, sin contar la parte en la que casi se convirtió en el almuerzo de una araña hambrienta.

"Bien, bien," dijo Petty. "Saben, pensé que había sido un desastre cuando fueron accidentalmente rociados con mi spray SWITCH la primera vez... pero, de hecho, fue lo mejor que pudo pasar. Si no hubieran descubierto mi laboratorio secreto, tal vez nunca hubiera pasado de transformar perros y ratas."

"Eh... gracias," murmuró Josh mientras le alzaba las cejas a su hermano, mismo que negaba con la cabeza con actitud aburrida. El perro al que Petty había intentado transformar era Piddle, su perro. De hecho, intentaban rescatarlo cuando fueron rociados accidentalmente con el spray SWITCH.

"Y, desde luego, las ratas no podrían contarme cómo

fue su experiencia," continuó Petty. "En cambio, ¡ustedes dos son de mucha ayuda! Estoy feliz de que hayan aceptado ser mis asistentes en el proyecto SWITCH."

"Mire, dijimos que solo la ayudaríamos a encontrar los cubos perdidos," dijo Josh cuando llegaron al semáforo que estaba cerca de la escuela. "¡No vamos a probar ningún otro spray!"

"¡Yo no les pido que lo hagan!" Protestó Petty con un aire de víctima inocente. "Encontrar mis cubos perdidos es lo más importante. Sin ellos, nunca podría redescubrir mi fórmula y continuar a convertir cosas en reptiles, y ustedes nunca tendrían la oportunidad de averiguar lo que se siente ser un pitón gigante, o una anaconda, o un dragón de Komodo."

"¡No queremos saberlo!" se quejó Danny. "¿Acaso no nos oyó? ¡Ser convertidos en criaturas es demasiado peligroso!"

"Si, claro, claro…" sonrió Petty por el espejo retrovisor. "¡Aunque no me imagino que alguien

pudiera lastimarlos si fueran una víbora pitón de
10 metros!"

Danny y Josh voltearon a verse y hubo si acaso un
ligero brillo de emoción en la mirada de Josh. Pensó
en la promesa de Petty. Si tan solo pudieran encontrar
los últimos cuatro cubos perdidos que contenían
el secreto del spray REPTO-SWITCH, ella podría
convertirlos temporalmente en reptiles asombrosos.
Josh amaba la vida salvaje. ¡Ser un lagarto o una
víbora sería increíble! El BICHO-SWICHT había sido
fenomenal, ¿pero el REPTO-SWITCH? Sería casi
imposible resistirse a probarlo. Y sería genial no poder
ser aplastado o devorado. Esas definitivamente eran
las desventajas de ser insectos.

"¡Josh!" protestó Danny viendo a su hermano con
los ojos medio cerrados. "¡Ni se te ocurra pensarlo!
¡Ni siquiera sabemos si dice la verdad! ¡Es la más
tramposa de este mundo!"

Josh tenía que admitir que su hermano tenía
razón. Petty aseguraba cosas bastante descabelladas.
Aunque tenía muy ordenados los cubos SWITCH
para insectos, insistía en que un hombre que había
trabajado con ella le había robado el resto de su

investigación e incluso le había quemado partes de su memoria. Había olvidado en dónde había escondido los cubos especiales que contenían el secreto de la fórmula para el REPTO-SWICTH. Para eso necesitaba de su ayuda, para encontrarlos. Y habían encontrado uno.

"Hemos buscado sus cubos," dijo Danny. "Y seguiremos buscándolos. Pero no vaya a pensar que va a volver a convertirnos en algo más, ¡a menos que nosotros estemos de acuerdo!"

"¡Pues claro que no! ¿Quién creen que soy? ¿Alguna especie de monstruo?" resopló Petty. "Jamás soñaría con hacer algo así. Pero... solo quería decirles que creo que ya perfeccioné el spray SWITCH. Ahora se puede beber en vez de tener que rociarlo, y tendrá el mismo efecto."

"¡No vamos a beber nada!" declaró Josh.

"Claro que no, pero si alguna vez lo hicieran, es más seguro porque miren, ¡hice una poción contra los efectos del SWITCH! La hice solo en caso de que los efectos del spray a la hora de beberlo sean más duraderos que cuando es rociado. Claro que entra al sistema, por lo que probablemente dura más tiempo, pero el antídoto puede detenerlo en cualquier momento, como el gas que les puse en mi laboratorio. Miren, tengo tanto la poción como el antídoto en mi bolso."

Con una mano en el volante, volteó para hurgar dentro del bolso entre ellos y estaba sacando una pequeña botella de plástico, cuando Josh gritó,

"¡CUIDADO!"

Los frenos viejos rechinaron y los tres pasajeros salieron disparados con fuerza hacia adelante al mismo tiempo que el Morris Traveller de Petty casi atropella al señor que dirigía el tránsito. Las mochilas, las loncheras y las cosas de Petty también salieron volando por todas partes, y por suerte Danny y Josh se habían sujetado de las correas encima de sus cabezas, o de lo contrario habrían salido como cohetes por el parabrisas.

Petty se había golpeado la nariz contra el volante. "¡Muy bien, muy bien! ¡Quédate con tu sombrerito!" le gritaba al hombre mientras éste agitaba un letrero que decía ALTO y parecía estar muy enojado.

"Por favor vaya a la esquina para que podamos bajar," le pidió Josh con la cabeza agachada detrás de los asientos delanteros para esconderse en caso de que sus compañeros estuvieran viendo. Él y Danny buscaron sus cosas tiradas y recogieron sus mochilas y sus libros.

"¡Mi sándwich está todo aplastado!" gruñó Danny mientras levantaba su almuerzo que más bien parecía tortilla.

"¡Pues yo también me llevé un fuerte golpe, gracias por su preocupación!" suspiró Petty al dar vuelta en la esquina, lejos del hombre del tránsito.

"¡El pan de mi sándwich se apachurró! agregó Danny con un escalofrío de horror.

"Gracias por traernos," dijo Josh al mismo tiempo que forcejeaban con el asiento y la puerta del pasajero para poder bajar. Él y Danny tomaron sus cosas y bajaron lo más pronto que pudieron, azotando la puerta tras ellos.

Petty sobó su nariz y les gritó, "¡iré al parque a probar la poción y el antídoto con las ardillas! ¡Les contaré cómo me fue!" Y dio una brusca vuelta en U que casi tira a un cartero de su bicicleta.

"Vamos," dijo Danny mientras metía de vuelta a la lonchera su botella de agua y su pan aplastado y la colgaba en su hombro. "Nunca creí decir esto, pero ya quiero llegar a la escuela en donde estamos a salvo."

Entró por la puerta de la escuela sin tener la menor idea de que algo muy, pero muy peligroso sorbía por su lonchera.

Aplastada peligrosa

"¿Quién está haciendo esos ruidos?" gritó la señorita Mellor.

Todos en la clase se paralizaron, abrieron los ojos y se pusieron a buscar al culpable. El lugar estaba en completo silencio.

"¡Ese sonido como de rasguños y arañazos, es muy irritante!" agregó la señorita Mellor, dejó de calificar exámenes, se puso de pie y cruzó los brazos.

"No sabemos, señorita," murmuraron algunos alumnos inocentes.

Josh dio un codazo a Danny, pero su hermano solo encogió los hombros.

"Bueno, quien sea que lo esté haciendo, pare de inmediato," ordenó la maestra y se sentó de nuevo, tomó su pluma roja y lanzó una mirada fulminante a todo el grupo.

Unos minutos pasaron y la clase continuó
con su 'lectura silenciosa', cuando de pronto,
el ruido comenzó de nuevo. Rasguño–arañazo,
rasguño–arañazo, rasguño–arañazo.

Josh dio otro codazo a Danny, pero éste estaba
muy concentrado en su libro como para darse cuenta
de que movía sus piernas de arriba a abajo y se
tallaban una contra la otra. Los rasguños y arañazos
eran producidos por las costuras de sus pantalones
nuevos contra las correas de Velcro de sus zapatos.

"¡Señorita! ¡Señorita, es él! En Danny," dijo Claudia
Petherwaite, señalando a su compañero con una
expresión arrogante en el rostro. Josh la fulminó con
la mirada.

"Danny, ¿qué rayos estás haciendo?" preguntó la señorita Mellor. "Suenas como si fueras una especie de insecto."

"Disculpe, señorita," murmuró Danny un poco avergonzado. "No sabía que lo estaba haciendo."

"Bueno, ahora ya basta." Se sentó de nuevo y tomó su pluma una vez más. No estaba de buen humor.

Claudia le sonrió burlonamente y Danny le sacó la lengua. Se las arregló para quedarse quieto el resto del tiempo.

Justo antes de almuerzo, la señorita Mellor se levantó a hacer una revisión de las loncheras. Durante toda esa semana, la escuela había estado trabajando en un programa de alimentación saludable. Todos aquellos que llevaran sándwiches tenían que enseñarlos para ver qué tan saludables eran.

Los que comían en la cafetería del colegio se sentaron a observar, ellos no tenían que pasar por eso. Pero como quince alumnos fueron por sus loncheras y las abrieron para la revisión.

"No está mal, Billy," dijo la señorita Mellor asomándose al almuerzo de Billy Sutter. "Huevo con berros. Aunque es pan blanco, sería mejor pan integral... pasitas... muy bien..."

Josh y Danny se asomaron ansiosos a sus loncheras. Sus almuerzos aparentemente eran idénticos. Sándwich de jamón, uvas, una rebanada de pastel y una pequeña botella de refresco de limón. Aunque el pan también era blanco.

"Claudia, ¿qué hay en la tuya?" preguntó la señorita Mellor. La niña abrió su pequeña canasta tejida como si fuera un regalo de cumpleaños.

"Tengo panecillos de avena integral hechos en casa rellenos de vegetales rostizados y humus bajo en grasa," declaró con orgullo.

"¿Humus? ¿Qué eso no es algo para hacer composta?" murmuró Danny mientras la señorita Mellor felicitaba a Claudia.

"Y también tengo verduras crudas," continuó la niña sosteniendo un recipiente con palitos de pepinos y zanahorias. "Con hongos salvajes y couscous."

"¿Couscous? Suena como un gato echando bolas de pelos," agregó Danny.

"Y justo eso parece," dijo Josh al ver lo que Claudia enseñaba en un botecito transparente.

"¿Y qué traes de postre?" preguntó la maestra.

"Pues mamá no me da postre," dijo la niña con actitud orgullosa. "Dice que el azúcar me pudre los dientes. Sí puedo comer mango deshidratado, pero solo los fines de semana."

"Cielos." Incluso la señorita Mellor estaba sorprendida. "¿Y de beber...?"

"Solo agua, por supuesto. Los refrescos están llenos de azúcar... y los que son *light* matan muchas células cerebrales en los niños," explicó Claudia cerrando su lonchera con satisfacción.

La señorita Mellor se dirigió a Danny y a Josh con una sonrisa algo burlona y miró dentro de sus loncheras. "Hmmm... eso se ve bien. Algo de fruta. Aunque el pan es blanco. ¡¿Pastel?!"

"¡Tiene pasas dentro! dijo Josh esperanzado, pero la expresión de la maestra no cambió. Sacó la botella de plástico de Danny. "¿Refresco?"

"¡Si! De limón," agregó Danny con una gran sonrisa. "Lleno de azúcar, ¡delicioso!"

"Se te van a caer los dientes," dijo Claudia felizmente al mismo tiempo que sonaba la campana para el recreo.

"¡Me arriesgaré!" dijo Danny. La señorita Mellor volvió a su escritorio, y el chico destapó su botella y tomó un largo trago. "¡Eeeuuurrgghh!" escupió el

muchacho. "¡Esto no es el mismo refresco de limón! ¡Guacalá! Seguramente mamá se equivocó."

Josh guardó sus útiles en su cajón y estaba desenvolviendo sus sándwiches. Los que llevaban almuerzo comían en sus escritorios, mientras que los que comían en la cafetería salieron al pasillo. "Mejor hay que tomar agua de los lavabos," dijo.

Danny no dijo nada.

Josh dio una mordida a su sándwich. "Qué buen jamón," murmuró con la boca llena. "El de jamón es mi favorito. ¿De qué es el tuyo?"

"Chirrrp."

Josh buscó a su alrededor.

La lonchera de su hermano estaba abierta y sus sándwiches estaban medio abiertos. La botella de refresco asqueroso seguía destapada. Danny no estaba por ningún lado. Seguro había ido por agua.

Pero en la silla azul de plástico había un grillo verde, haciendo chirridos. Josh sonrió. Seguro espantaría a su hermano cuando regresara. En cuestión de segundos empezarían los gritos. Daisy y Emily fueron las primeras en ver al grillo, cuando éste saltó en el aire y aterrizó en su escritorio.

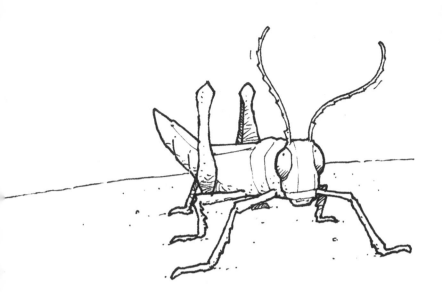

Claudia soltó su couscous y empezó a gritar
alejándose de la bestia de largas patas verdes que
acechaba desde el escritorio cercano.

"¿Qué está pasando?" preguntó la señorita Mellor.

"¡Eeeuuu! ¡Es un grillo! ¡Un grillo! gritaron al
unísono Daisy, Emily y Claudia. Muchas otras chicas
empezaron a gritar también cuando el grillo se lanzó
al aire y cayó medio segundo desosé en el escritorio
de la maestra. Craig Thomas, quien estaba parado
junto, también sintió un escalofrío que intentó
disimular. Tres o cuatro chicos más parecían estar
un poco inquietos.

"¡Josh!" llamó la señorita Mellor que también estaba incómoda. "¿Podrías atraparlo por favor?" Todos sabían que Josh adoraba a los insectos. Danny lo llamaba 'loquito amante de los bichos'.

Josh corrió hacia su escritorio y abrió las manos. "¡Vamos… vamos, pequeñito! lo llamó. El grillo giró y lo miró. Frotó sus impresionantes patas traseras y volvió a hacer chirrrp.

Josh hubiera querido que Danny estuviera allí para verlo. Era un hermoso grillo color verde brillante que tenía una manera encantadora de inclinar la cabeza y mover sus patitas delanteras. ¡Era casi como si intentara decirle algo!

"¡Danny, mira esto!" gritó Josh buscando a su hermano por todo el salón, pero no había ni rastros de él. De todas formas, igual se hubiera espantado, no le gustaban los grillos.

El bicho movió todavía más las patas. Ahora hacía un pequeño baile. ¡Sorprendente! Si Danny estuviera allí seguramente ya no tendría miedo y estaría muerto de la risa. ¡Lo estaría saludando! Estaría...

De pronto, Josh sintió un escalofrío. Sus ojos se abrieron. Repetía unas imágenes en su mente. El casi-accidente de esa mañana en el auto de Petty Potts. Todas las cosas de las mochilas, las loncheras y el bolso de Petty volando por todas partes. Luego la vio hablándoles... contándoles de la poción bebible de SWITCH que iba a llevar al parque.

Josh vio el escritorio de su hermano y la botella abierta. Podía ver que no era la misma que la suya, y sus botellas, igual que el resto de sus loncheras, eran idénticas.

¡OH NO! gritó una voz aterrorizada dentro de su cabeza. *¡DANNY! ¡DANNY BEBIÓ LA POCIÓN SWITCH!*

"Bien, anda, Josh," dijo la señorita Mellor. "¡Levántalo! ¡Quítalo de mi escritorio!" Cuatro o cinco curiosos compañeros se reunieron a su alrededor. El grillo seguía haciendo señas frenéticas.

"¡Danny!" murmuró Josh abriendo su palma. "Sube a mi mano."

"Josh, levántalo, Josh," grito la profesora. "Antes de que salte a otro lugar."

"No se preocupe, señorita," dijo Billy Sutter con un pesado libro de matemáticas en las manos. "Yo me encargo."

Y antes de que Josh pudiera gritar "¡NOOOOO!" azotó el libro con fuerza.

Dificultades en el baño

"¡DANYYYY!" gritó Josh horrorizado. Los compañeros que se habían reunido por morbo para ver al insecto aplastado, se preguntaban por qué Josh le gritaba a su hermano.

Con una mano temblorosa, Josh levantó el pesado libro. Con un nudo en la garganta y lágrimas en los ojos, reunió fuerzas para ver los restos de su hermano embarrados por todo el escritorio manchado de tinta de la señorita Mellor.

El libro se levantó y los alumnos aguantaron la respiración. Debajo había…

"¡Nada! ¡Debió haber saltado!" gruñó Billy con desilusión.

"¡Allí está! ¡En el cabello de Josh!" gritó Daisy, mientras Billy levantaba el libro y se preparaba para dar un trancazo en la cabeza de Josh. El grillo era demasiado veloz. Brincó por todo el salón hacia el librero, luego a las repisas de las pinturas. Más gritos de pánico. Después aterrizó en el borde de la ventana mientras Billy corría hacia allá con el libro levantado en una mano, y salió por la ventana abierta.

"¡Cielos! Se acabó el drama," dijo la señorita Mellor.

Josh miró por la ventana con terror, al mismo tiempo que la profesora volteaba para escribir en el pizarrón. Luego corrió al lugar de Danny, tomó la botella y la tapó, antes de atravesar corriendo el salón y saltar al borde de la ventana. Afuera, un camino empedrado se alejaba de la ventana y llevaba hacia el otro lado de la escuela, pasando el patio, hacia unos árboles y arbustos.

¡Danny podía estar en cualquier lugar! Josh miró atrás de él y vio a los demás alumnos que seguían comiendo sus almuerzos y a la señorita Mellor que le daba la espalda. Josh no pudo esperar más. Saltó por la ventana y cayó en el camino, luego salió corriendo hacia el patio.

"Danny!" gritaba desesperado buscando en el pasto y en los arbustos. "¡Danny! ¿En dónde estás?"

Intentaba escuchar, pero lo único que podía oír eran los gritos de los niños en el recreo. Incluso si Danny estuviera chirriando con todas sus fuerzas, no había manera de que Josh pudiera oírlo. Se puso de rodillas y acercó la cara al pasto. "¡DANNNNYYYY!"

grité de nuevo sabiendo que era en vano. Su hermano podía estar en cualquier parte, o peor aún, en la panza de algún pájaro. Luego algo le hizo cosquillas en la oreja. Levantó la cabeza y su hermano cayó sobre la palma de su mano.

Al menos, pensó que era Danny. Podía ser cualquier otro grillo.

"¿Danny?" murmuró Josh con un dedo extendido hacia el insecto. Éste movió sus antenas de regreso. "Eres tú... ¿verdad?" El grillo las movió de nuevo. "Bueno, si eres tú, mueve tu antena izquierda." El insecto lo hizo y Josh emitió un suspiro de alivio que casi lanza a Danny al pasto de vuelta.

"¿Qué vamos a hacer? ¡Bebiste la poción SWITCH! Tenemos matemáticas en media hora. ¿Cómo voy a explicarle esto a la señorita Mellor?"

Danny ofreció muchas sugerencias. Tallaba desesperadamente sus patas traseras y sus alas creando un sonido. Estaba claro que tenía mucho que decir. Pero Josh no le entendía ni una sola palabra. Miraba con ansias por todo el patio y apretaba la botella que tenía en la mano pensando qué rayos podía hacer. ¡Si tan solo uno de ellos hubiera agarrado también el antídoto! Sabía que él no lo tenía, había bebido de su botella y era el mismo refresco de siempre.

"¡Espera! Petty llevó el antídoto con ella al parque," dijo. "¡Tal vez sigue allí! No es demasiado lejos... ¡Sí! Esa es la respuesta. Tenemos que llegar a donde está ella. Creo que puedo lograrlo en cinco minutos si corro..."

Josh se levantó con Danny en su mano y llegó a la puerta de la escuela que salía del patio hacia la calle. El parque estaba bastante cerca. Petty bien podía seguir allí preguntándose por qué el refresco de limón no les haría efecto a las ardillas.

Josh esperaba que ninguna maestra o cuidadora lo viera, así es que corrió por los baños de hombres hacia la salida. Pero cuando estaba a punto de llegar a la

esquina de la pared de ladrillos, Billy Sutter y
su amigo, Jason Bilk, salieron y se toparon con él.

"¡Oh! ¡Fíjate por dónde caminas!" gruñó Jason.
Billy vio inmediatamente que Josh tenía algo en la
mano.

"¿Qué traes allí?" preguntó tratando de meter un
dedo sucio en la mano cerrada de Josh. Un chirrido
sonó desde adentro. "¿De nuevo ese grillo? ¿Lo
convertiste en tu mascota o algo así?" Billy y Jason
abrieron la mano de Josh a la fuerza a pesar de las
protestas, y Danny volteó hacia arriba, moviendo
nerviosamente sus antenas.

"¡Esta vez te voy a atrapar!" rio Billy y dio un fuerte manotazo, pero Danny había salido volando como liga verde antes de ser aplastado. Ahora estaba en el piso cerca de la puerta del baño de hombres. Jason y Billy trataron de pisarlo al mismo tiempo.

"¡NO! ¡DEJENLO EN PAZ!" gritó Josh y los empujó dentro del baño hacia donde había saltado Danny. Billy y Jason zapateaban por todo el suelo de concreto mojado y gritaban '¡aplástalo! ¡Aplástalo!' Josh se paró horrorizado, sintiéndose totalmente impotente. Luego percibió un ligero movimiento y vio a su hermano adentro de uno de los cubículos. Josh se metió corriendo y azotó la puerta detrás. La cerró con fuerza mientras Danny saltaba hacia el contenedor del papel de baño; parecía estar muy agitado.

"¿Estás bien?" le susurró Josh justo al mismo tiempo que los chicos dejaban de hacer escándalo afuera, por lo que lo escucharon claramente. Empezaron a carcajearse.

"¡Oh, pequeño bichito! ¿Estás herido?" lo arremedó Jason con una vocecita burlona. Billy chillaba de la risa.

"¡Vamos, sal! ¡Trae a tu pequeña mascota!" dijo Jason. "Solo vamos a pisarlo una vez."

43

Josh esperaba que si se quedaba callado simplemente se aburrirían y se irían, pero cinco minutos después seguían gritando y golpeando la puerta. Si seguían haciendo eso, no le quedaría mucho más tiempo para llegar al parque y encontrar a Petty antes de que Danny y él tuvieran que estar de vuelta en el salón de clases y se meterían en graves problemas. Podía solamente esperar allí a que Danny regresara a su forma original, pero no tenía idea de cuánto podría tardar eso. Petty tampoco lo sabía, por eso había hecho el antídoto. Y si de pronto Danny se convertía de nuevo, ¿cómo se lo explicarían a los chicos que estaban afuera? Había una ventana alta y delgada por la que no cabía nadie.

"¡Ayúdame a subir!" dijo Billy.

Josh se alteró.

Tenía que haber alguna forma para salir de esta. Luego parpadeó y vio la botella en su mano. Allí estaba, su único escape. Puso a Danny en el borde de la ventana que estaba ligeramente abierta. Al ver asomarse dos filas de dedos por encima de la puerta del cubículo y sentir un empujón, destapó el frasco y le dio dos tragos.

Mientras los forcejeos y gruñidos se hacían más fuertes afuera, tapó la botella de nuevo y la escondió detrás del escusado.

Segundo más tarde, Billy se asomó con mucho esfuerzo y miró hacia abajo en medio de una gran confusión. Josh había desaparecido.

Un bigote mortal

"¡WHEEEEEEEEEE!" gritó Josh al balancearse por el aire. Sus patas traseras eran como una gran resortera que lo proyectaban por encima del bosque de pasto que había debajo, solo que la resortera también iba de paseo.

"Es genial, ¿verdad?" dijo Danny, mismo que tenía doce minutos más de práctica que su hermano siendo grillo. "En cuanto me transformé, tenía que saltar. Aunque tenía mucho miedo, simplemente tenía que hacerlo. ¡También puedo volar! ¡Mira, estamos volando!" Las alitas tiesas en su espalda se abrieron como una corta capa verde que lo ayudaban a deslizarse por el aire tibio. Ya estaban afuera de la escuela. Habían saltado por la ventana del baño, atravesaron el campo y pasaron por encima de la barda sin ningún problema.

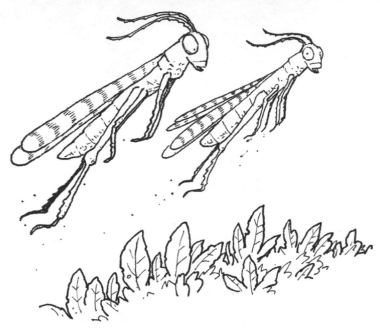

"¡Este es el mejor bicho que nos ha tocado ser!" dijo Josh entre risas mientras abría sus propias alitas y se deslizaba con su hermano. A lo lejos podían ver un jardín verde y el destello de estanque blanco y azul. Había insectos tamaño perros que pasaban volando junto a ellos, algunos haciendo ruido como de aviones y otros más como de helicópteros.

¡BOMP! ¡BOMP! Aterrizaron sobre una pared de ladrillos grises y voltearon a inspeccionar sus nuevos y brillantes cuerpos de grillos. Los dos tenían dos pares de patas de insecto de tamaño normal solo que eran muy musculosas y tenían ganchos en los pies o en las manos. Pero sus patas traseras eran tres veces más grandes y se doblaban hacia atrás formando una V hacia abajo. Sus ojos eran enormes y redondos con una especie de antenas cortas encima, a manera de cejas puntiagudas. Josh pensó que el rostro de Danny era muy solemne, hasta que su hermano empezó a mover con entusiasmo una parte de su boca que parecía un dedo.

"¿Qué van a pensar Jason y Billy cuando descubran que desapareciste?" rio con una vocecita no muy distinta a la suya, tomando en cuenta que salía de la boca de un grillo.

"Estoy más preocupado por lo que pensará la señorita Mellor. ¡Nos podría castigar toda una semana!" dijo Josh frotando nerviosamente sus patas contra sus alas.

"¡Ooh!" cuando hacía ese ruido él mismo sonaba mucho más fuerte y ronco. "¡Así es como hacen ese sonido *chirrrpp* los grillos!"

"Cuidado," dijo Danny mirando a su alrededor. "Es bastante malo que nos persigan niños tontos, encima no queremos atraer también depredadores. ¿Quién come gritos, Josh?"

Josh tragó saliva. "Bueno... no sabemos muy bien que digamos. Por eso tenemos este color verde y brillante. Es para advertir a cualquiera que nos quiera comer que somos un poco... pues... amargos. Pero no estamos del todo a salvo. Pájaros, ratones, serpientes y arañas, los mismos de siempre, podrían intentar comernos. Deberíamos movernos de aquí. Tenemos que conseguir el antídoto."

Danny asintió. "¿Hacia dónde?"

"Hacia allá," dijo Josh moviendo sus antenas con firmeza hacia la izquierda. No sabía cómo podía estar tan seguro... era algo que tenía que ver con el brillo del sol y el olor en el aire. Sintió una vibración por dentro. No había podido comer mucho.

"Me muero de hambre," dijo Danny mientras salían volando nuevamente en el aire. Claro, no había comido nada. "¡Woooo-hoooo! ¡Sí! No, tengo muchísima hambre..."

"Seguro," dijo Josh que ahora volaba junto a su hermano con su elegante capa de alas verdes. "Los grillos son muy glotones. Comen al menos dieciséis veces su peso corporal por día. Yo también estoy hambriento, pero no podemos parar."

Tres segundos después se habían detenido.
Aterrizaron sobre un arbusto de grandes hojas que
crecía contra una pequeña pared de ladrillos. Olía tan
delicioso como una fábrica de donas a la hora del té.
Josh se llenó la boca con grandes trozos de una jugosa
hoja verde. Danny se paró junto a él y también empezó
a devorarla con fuertes sonidos de demolición.

"¡Oooh, esto es delicioso!" dijo Danny. "¿Por
qué nunca antes habíamos comido hojas? ¡Hay
muchísimas en nuestro jardín! Y solo las ignoramos..."

Cuando la sensación de vacío en su interior empezó a calmarse, Josh volteó a ver. Se sorprendió al ver que Danny había parado de comer. Sus grandes ojos verdes estaban más saltones. De pronto, su hermano escupió algo café y pegajoso sobre su hoja.

"¡BUENOS MODALES POR FAVOR!" dijo Josh. "¿Te tocó un pedazo malo?"

Danny movió la cabeza y miró fijamente a su hermano con ojos brillantes como canicas. En alguna parte de su cerebro, Josh sabía que escupir cosas cafés era una mala señal. Era algo que hacían los grillos cuando...

"¡BRINCA!" gritó Danny antes de salir disparado hacia el cielo. Lo cual ayudó a Josh a recordar. Ah, claro... los grillos escupen cosas cafés por miedo. Normalmente miedo a los... ¡DEPREDADORES!

Todo lo que Josh pudo ver al dar la vuelta fue un hocico enorme, un par de mandíbulas rosadas con forma de diamante, feroces colmillos y una lengua rosa y puntiaguda con cientos de picos. ¡Cielos! Entonces escupió su propia cosa café.

Sus patas de resortera lo impulsaron en el aire, pero de pronto se escuchó el choque que provocó

al estrellarse contra un grueso tronco peludo que caía
del cielo.

Cuando cinco garras afiladas como navajas
salieron de éste, Josh comprendió de inmediato
que se trataba de una garra.

Se encontró de vuelta aplastado en la pared de
hojas con una gigantesca cara peluda frente a él.
Una nariz rosa y húmeda lo olisqueaba y de ella salía
un abanico de cosas blancas y picudas a cada lado.
Bigotes. Y un fuerte aliento a carne.

Josh se dio cuenta de que estaba a punto de ser
devorado por un gato.

En la oreja

Por encima de Josh, Danny estaba aferrado a una rama picuda y veía aterrorizado al enorme monstruo peludo que estaba oliendo y mirando a su hermano.

"¡JOOOOSHH!" gritó con fuerza, pero no escuchaba nada excepto un ruido fuerte y pavoroso como de motor. Supo que era el gato. ¡El felino estaba ronroneando! Pobre Josh. Le gustaban los gatos. También a Danny. Normalmente los gatos ronroneaban cuando les daban leche o los acariciaban, no cuando estaban a punto de darte una gran mordida.

Danny saltó hacia la cabeza del gato. Aterrizó y se sumergió hasta las axilas en el denso pelaje. La oreja derecha del gato se movió un poco, pero el felino estaba tan fascinado con su presa que ni siquiera intentó sacudirse a Danny. Éste se agarró con firmeza del pelaje y se asomó para ver si Josh estaba bien.

Al menos no oía, sentía o, peor aún, olía que el gato estuviera masticando algo.

Más abajo podía ver a Josh intentando escabullirse de la garra del gato para poder saltar lejos, pero el felino lo seguía por todo lo largo de la pared manteniendo sus garras y su nariz justo encima para no dejarlo escapar.

"¡JOSH!" gritó Danny inclinando hacia atrás la cabeza para poder oír mejor (resultó que sus oídos estaban en su estómago). "¿Estás bien?"

"Si, pero no puedo saltar. Está jugando al gato y al ratón conmigo." gritó Josh de vuelta.

"Tal vez no va a comerte," dijo Danny intentando no sonar aterrado. "Quizá solo quiere jugar contigo."

"Seguro, eso ha de ser," contestó Josh al mismo tiempo

que intentaba esquivar un zarpazo que pasó rozando sus antenas. "¡Quiere ser mi amigo! Una amistad del tipo 'te arrancaré la cabeza'. Muy amigable."

Danny se rompía el cerebro tratando de pensar qué hacer para ayudarlo. ¿Cómo podría distraer al gato? Caminó rodeando su ceja y pensó saltar dentro de su ojo, pero un mechón de pelos gruesos, casi tan largos como sus bigotes, salía por encima de la órbita verde. No lograría saltarlos antes de que una garra le atravesara las entrañas.

¿Pero qué tal la oreja?

Saltó frente a la tienda de campaña triangular hecha de piel gatuna y se asomó por el borde. Era un poco como un *Tee-pee* indio, con algo de pelaje fino y claro que cubría una suave piel color rosa grisáceo. De hecho, era bastante acogedor, aunque se movía un poco a medida que la cabeza del gato giraba de lado a lado, mirando ávidamente a la atormentada víctima entre sus patas. Incluso había una mascota en la tienda de campaña auditiva, una mosca de aspecto extraño que bebía lo que parecía ser jugo de uva a través de una especie de popote que había insertado por la peluda piel. La mosca miró a Danny e hizo una pausa a medio trago. Se escuchó un ligero ¡pop! y el popote se metió de golpe dentro de su cara café y brillante. Eructó. "¡Perdón!" dijo mientras agitaba una patita corta y peluda frente a lo que parecía ser su boca.

"¡Mejor fuera que dentro!" dijo Danny.

"¡AAAARGH!" gritaba Josh abajo. El hocico del gato bajaba de nuevo hacia él, con su lengua rosada y picuda en forma de cuchara, lista para atraparlo y aventarlo entre sus afilados colmillos. Podía ver su paladar, un domo de piel dura y arrugada, y sabía que en cualquier segundo quedaría aplastado contra él.

Danny no perdió el tiempo. Saltó dentro del oído del felino y empezó a tallar frenéticamente sus patas contra sus alas. El sonido, en ese espacio confinado, era ensordecedor. La mosca salió volando en un instante.

"¡MEEEOOOOWWWWWW!" maulló el gato al mismo tiempo que saltaba y caía sobre su espalda como una pulga peluda, azotando sus dos patas contra su oreja con desesperación. Danny logró salvarse en una milésima de segundo. Josh pasó volando junto a él con aspecto muy... pues... verde.

"E-eso...estuvo de-demasiado... ce-cerca." tartamudeó mientras se alejaba volando. "Estuve a

punto de convertirme en la goma de mascar de
un gato."

Ambos sintieron un escalofrío de alivio y volaron
hacia abajo de la barda que rodeaba el parque.

"Tenemos que encontrar a Petty. No podemos
arriesgarnos a hacer más paradas," dijo Josh mientras

veía a izquierda y derecha, y se deslizaba muy bajo por encima del pasto. "¡Estar aquí no es nada seguro!"

¡VROOOOOM! Danny se escabulló por el aire y voló de un lado a otro para esquivar a una sombra oscura que revoloteaba tras él. "¡Estar aquí arriba tampoco es seguro!" gritó. Miró hacia arriba y vio un remolina oscuro de plumas y garras que se acercaba volando en círculos hacia ellos. Era un estornino. Sus delgadas alas de plumaje color aceite destellaban bajo el sol cuando el ave dio vuelta para intentar una vez más atraparlo en el aire.

"¡ABAJO!" gritó Josh y se dejó caer como roca en el pasto. Danny lo siguió. Dos golpes después habían logrado ocultarse

en un tupido matorral de hierbas que se alzaba justo por encima de sus cabezas. Se agacharon casi sin aliento y esperaron. "¡No te muevas!" murmuró Josh. "Solo podrá vernos si nos movemos." El estornino volaba bajo sobre el pasto. De pronto, hizo un espantoso ruido que lastimaba los oídos y se alejó volando.

"¡No nos vio!" agregó Danny. "No pudo distinguirnos. Mira, somos justo del mismo color que las plantas."

"Camuflaje," dijo Josh. Sus antenas vibraron de asombro. "Somos grillos de pradera, diseñados para ser casi invisibles entre la hierba."

"Ok, entonces aquí estamos bastante seguros," suspiró Danny. "Pero, ¿cómo rayos vamos a encontrar a Petty Potts si no podemos saltar y mirar alrededor? ¿Y qué hora será? Llegaremos tarde de vuelta a la escuela y entonces sí estaremos en problemas. ¡Oh, esto no está nada bien! Creí que esta vez sí podríamos divertirnos un poco, para variar, pero no, somos comida rápida con antenas, igual que las otras veces. Estoy asustado de verdad."

Escupió otro pegote de cosa café. "Lo siento."

No te muevas

Petty Potts estaba molesta. Había logrado atraer a su banca a tres o cuatro ardillas en la última hora y cada una de ellas había huido con sus cacahuates especiales.

Obviamente sabía que no tenía mucho caso tratar de que bebieran un poco de la poción de la botella de plástico. Por lo tanto, había metido una taza de metal en su bolso y había vaciado en ella un poco de la poción, antes de remojar en ella algunos cacahuates para hacerlos TRANSFORMADORES. Luego los acomodó uno por uno, al otro extremo de la banca de madera del parque, y esperó a que las ardillas cachetonas aparecieran y se los comieran. Había tomado la precaución de usar guantes de plástico. No tenía ninguna intención de convertirse ella misma. Algún día tal vez, pero ya estaba vieja y corría el riesgo de no poder recuperarse bien.

Petty buscó en las profundidades de los bolsillos de su abrigo y sacó una pequeña cajita de terciopelo verde. La abrió y miró con melancolía los dos cubos brillantes de vidrio que contenía. Tomó uno de ellos y lo sostuvo contra la luz. El cubo destelló bajo el sol, y en él se pudo ver el holograma de un pequeño lagarto.

"¡Uno de seis!" suspiró. Lo puso de vuelta en la caja, junto al otro cubo que tenía un holograma

ligeramente diferente. "Dos de seis. Esto suma una tercera parte de la fórmula para producir el REPTO-SWITCH. Bueno, me alegra tenerlos a ustedes dos," dijo en voz baja a los cubos, "pero, ¿qué pasó con los otros cuatro? ¿En dónde los escondí? Si tan solo el insidioso de Victor Crouch no hubiera quemado mi memoria, ¡lo sabría! Tendría la fórmula para insectos y también la de reptiles. Incluso podría llegar a haber fórmulas para mamíferos y aves algún día. Pero su Josh y Danny no encuentran el resto de su pequeña familia de cubos, ¡nunca jamás lo sabré!"

Nadie estaba lo suficientemente cerca como para escuchar a Petty hablando sola, lo cual tal vez era lo mejor. Petty hablaba mucho con ella misma. Le parecía la mejor manera de obtener una respuesta inteligente.

"Desde luego que no entienden lo importante que es esto. ¡Estoy cambiando al mundo! Pero lo único que les importa es llegar a tiempo a la escuela. ¡Por Dios! Los niños de hoy en día no tienen ningún sentido de la aventura."

Petty cerró de nuevo la caja verde, la puso en su regazo, y tomó los binoculares para observar a la

65

familia de ardillas que corrían por un tibio pedazo de pasto detrás de los robles. No había ningún cambio. Obviamente la poción no funcionaba igual de bien que el spray. Para estas alturas, las ardillas ya deberían estar saltando con un aspecto bastante verde y confundido, asustadas por la repentina ausencia de sus colas peludas.

¡Si pudiera ver tan solo un grillo!

"¡AAAAAARRRGGGHHHHHHH!" De pronto, pudo ver un enorme grillo frente a ella. Le tomó uno o dos segundos de furiosos aleteos alrededor de su cabeza antes de que Petty se diera cuenta de que seguía viendo por los binoculares, pero el grillo estaba sobre la lente.

"¡Vieja loca!" se dijo a sí misma al mismo tiempo que giraba los binoculares para ver al insecto en la lente. Tal vez la poción había funcionado después de todo. Pero... no... las cuatro ardillas seguían corriendo por el pasto.

"Es solo un grillo común," murmuró espantándolo. El insecto cayó con un leve ruido al lado de su zapato izquierdo, y luego empezó a bailar. Otro grillo saltó al lado y se unió al baile, moviéndose de izquierda a

derecha y agitando las antenas como si estuviera en una audición para una obra musical.

Desafortunadamente, Petty no estaba viendo. Seguía examinando de cerca la botella de la poción SWITCH. De pronto, golpeó con fuerza su palma contra su frente. "¡Lunática!" dijo disgustada con ella misma. "¡Vieja loca cabeza de gelatina! ¡Este es el antídoto! No es la poción. Ahora bien..." dijo mientras buscaba en su bolso. "¿En dónde puse la poción? ¿Y por qué usé el mismo tipo de botella? ¡Demonios! Qué molesto, seguramente la botella de la poción debe estar tirada en el auto."

"Es inútil," dijo Josh descansando de su rutina de baile. "No nos está viendo. Tendremos que saltar a su rodilla. ¡Si no conseguimos pronto ese antídoto, tal vez nunca podamos volver a la escuela o a casa!"

"¿No nos convertiremos de nuevo cuando pase el efecto?" dijo Danny. "La última vez así fue."

"No lo sé," dijo Josh. "Recuerda que esta es la versión de poción, no de spray. Nunca antes la habíamos tomado. ¡Tal vez hasta podría durar para siempre!! Pero si nos quedamos aquí afuera, probablemente seremos devorados antes de saberlo. ¿Podrías dejar de hacer eso?"

"Lo siento," dijo Danny al mismo tiempo que pateaba otra bola de cosa café de pánico.

"¡Vayamos a sus rodillas!" dijo Josh, y estaba a punto de saltar cuando una enorme sombra los cubrió. Parecía que era otro ser humano. "¡Oh, no! ¡Alguien más llegó a sentarse junto a ella en la banca! ¡No podremos convertirnos delante de alguien más... incluso si tuviéramos el antídoto!""

"Buenos días, señorita Potts," gritó el señor Grant que vivía a la vuelta de la esquina.

Petty suspiró. "Hola, señor Grant." Lo último que necesitaba era a un vecino metiche interfiriendo con sus experimentos. Guardó la botella de vuelta en su bolso.

"¡Tenemos que hacer que Petty nos vea!" insistió Danny. Volteó nervioso a todos lados y tragó saliva. "¡No importa quién más esté aquí! No pienso quedarme para ser devorado."

"Bonito lugar para sentarse a ver pasar el mundo, ¿no cree usted?" gritó el señor Grant. Estaba un poco sordo y no se daba cuenta de que los demás no lo estaban.

"Mjhm," dijo Petty intentando no fruncir la nariz. El señor Grant olía a tabaco viejo y a calcetines sin lavar, y la había pretendido durante años.

"¿Qué es esto?" gritó el señor Grant tomando la cajita verde de la banca, en donde estaba luego de haber resbalado del regazo de Petty. La abrió sin preguntar y vio los dos pequeños cubos de vidrio. "¡Oh, muy bonito!" dijo con una sonrisa que dejaba ver sus dientes amarillos.

"¿Me permite?" Petty le arrebató la caja y la metió hasta el fondo del bolsillo de su abrigo.

"Tengo uno de esos en la repisa en mi casa," agregó el señor Grant.

"Lo dudo mucho," dijo Petty con frialdad.

"¡Lo encontré dentro de un nido de aves!"

continuó. "Hace un año, cuando podaba mis arbustos. Una urraca lo tenía. Lo lavé bien y lo puse junto a mi reloj."

Petty lo miró fijamente con la boca abierta.

"Es lindo encontrar con quien compartir la banca," gritó románticamente el señor Grant. "En especial a esta hora del día, cuando no hay niños gritando. Yo digo que deberían mantenerlos más tiempo en el colegio. ¿Que salen a las 3:00? Pues no más. Que los encierren con sus maestros hasta las 6:00 para que nos dejen las bancas del parque a nosotros los viejos, ¿no? ¡Ja, ha, ha!"

Petty todavía intentaba comprender si en verdad había escuchado al señor Grant decir que tenía un cubo SWITCH en su repisa, cuando de pronto dos grillos saltaron sobre su rodilla y empezaron a saludar. Petty parpadeó y abrió los ojos muy grandes, pero no dijo nada.

"¿No lo cree?" gritó el señor Grant.

"¡Oh, Dios mío!" dijo Petty al ver su rodilla y darse cuenta a dónde fue a parar la poción SWICTH que creyó perdida. "¡Son Josh y Danny!"

"¿No cree?" gritó más fuerte el señor Grant.

"¿No cree que es muy agradable estar aquí? Sin niños gritones, ¡solo usted y yo! ¡Ja, ja, ja!" y en eso dio una palmada sobre la rodilla de Petty.

Petty dio un alarido.

"¡Oh, vamos!" rugió el señor Grant. "¡Solo quiero ser su amigo!"

Pero Petty miraba horrorizada su rodilla desde la cual, unos segundos antes, Josh y Danny la saludaban.

Ese tonto de Grant seguramente los había aplastado contra su falda.

Con un rápido golpe le aventó la mano y respiró aliviada. No había ni rastro de insectos aplastados. Un sonido de grillos la hizo voltear hacia abajo a la pequeña taza de hojalata que estaba sobre la banca, entre ella y su desagradable vecino. Dentro de la taza todavía quedaba un poco de antídoto (que ella había confundido con la poción) que había sobrado del remojo de los cacahuates, y ahora dos grillos se remojaban en él.

"¡No sea tan presumida!" gritaba el señor Grant. "¡Yo solo decía que era muy agradable estar aquí solos sin niños irritantes y mocosos que ocupan todas las bancas - UUUFF!" Dos niños aparecieron de la nada sobre la banca, entre él y Petty Potts, y el señor Grant salió volando hacia un lado.

Petty soltó una carcajada. El señor Grant se desmayó. Cuando volvió en sí, estaba completamente solo. Decidió hacer una cita para ir a ver al doctor.

"Siento mucho que los niños lleguen tarde," sonrió Petty al mismo tiempo que asomaba la cabeza detrás de la puerta del salón de clases, mientras Josh y

Danny iban a sus mesas. "Tuve una emergencia y me estaban ayudando."

"Oh," dijo la señorita Mellor y vio la hora en su reloj. "Bueno, solo fueron diez minutos. Supongo que no debo ponerles retardo. ¿Qué clase de emergencia?"

"¡Tuvieron que salvarme de un bicho rastrero! Usted sabe lo bueno que es Josh para ese tipo de cosas," dijo Petty con su mejor cara de ancianita adorable, al mismo tiempo que metía la botella de poción hasta el fondo de su bolsa. Josh había corrido al baño para traérsela justo antes de entrar a clases.

"Los veo a la salida, muchachos," se despidió Petty y salió del salón.

"¡Ninguno de ustedes se comió su lunch! los regañó la señorita Mellor. Sus loncheras siguen sobre sus escritorios."

"No importa, señorita Mellor," agregó Danny. "Comimos mucha ensalada cuando estuvimos fuera. ¡No podríamos comer nada más!"

"¿De verdad? eso suena muy saludable," dijo la maestra con aire sospechoso.

"¡Sí!" respondió Josh. "Y vamos a comer más vegetales al llegar a casa. ¡Más que Claudia! ¡Vamos a devorar todo un arbusto, sabe delicioso!"

Un robo con ojos de insecto

"¡Debe estar bromeando!" dijo Danny moviendo la cabeza y agitando las manos. "No hay manera!"

"¡Pero ustedes prometieron ayudarme!" insistió Petty. "Dijeron que me ayudarían a recuperar todos mis cubos REPTO-SWITCH. ¡Recuerden, dijeron que querían convertirse en víbora pitón algún día, o en lagartija, o en cocodrilo!"

"¡No dijimos eso! ¡Usted los dijo!" reclamó Josh.

"¡Pamplinas!" dijo Petty azotando su caja de terciopelo verde sobre la mesa de la cocina. Había atraído a los muchachos cuando llegaron de la escuela con el pretexto de que estaba preocupada por ellos tras la aventura de grillos del día anterior. "¡Sé que quieres ser un cocodrilo, Josh! ¡Por Dios, tienes ocho años, sería preocupante que no!"

Josh miró a su hermano. Petty tenía razón. Sí quería probar el REPTO-SWITCH algún día. ¿Quién no? Danny se mordió el labio. Josh sabía que su gemelo también quería probarlo.

Petty abrió la caja y señaló los cuatro compartimentos vacíos en donde deberían estar los cubos faltantes y miró a los chicos con expresión de locura. "Uno más de estos y significa que estamos a la mitad. ¡A medio camino de poder convertir a los humanos en reptiles! Imaginen lo que podríamos hacer con eso. ¡Ya es fantástico que podamos convertirlos en insectos o arañas, pero imaginen lo que harían con forma de reptil!"

"Está bien, dijimos que la ayudaríamos a buscar," dijo Josh. "Y le hemos ayudado. Hemos buscado por todo su jardín y por el nuestro, y siempre revisamos todo lo que nos encontramos en la calle que brille un poco como vidrio. Pero esto es distinto. ¡Quiere que seamos ladrones!"

"¡Oh, por todos los cielos!" resopló Petty. "Solo les pido que tomen un traguito chiquito de poción para convertirse otra vez en grillos, para que puedan saltar por el buzón del señor Grant, recojan mi cubo que está en su repisa y salgan de allí con él. Nadie sale herido. El ni cuenta se va a dar."

Josh y Danny se miraron uno al otro. Había un ligero destello en sus rostros de que tal vez, probablemente, estaban pensando el plan de Petty. Pero ella lo notó e inmediatamente les mostró un gotero de vidrio que había llenado con la poción SWITCH. "Tiene la medida exacta para su peso y su estatura," dijo con un aire de emoción. "El efecto durará exactamente diez minutos. Lo suficiente para que yo pueda meterlos a la casa y cinco minutos más para que encuentren el cubo, se conviertan de nuevo en humanos y me lo traigan. El señor Grant no está.

Los miércoles por la tarde siempre va a la casa de apuestas."

Josh y Danny se miraron una vez más. Danny encogió los hombros. "Suena bastante fácil."

"¡EXCELENTE!" dijo Petty con el gotero en la mano. "Saquen las lenguas."

Petty los ocultó en el bolsillo de su abrigo, a salvo dentro de un pequeño tubo de plástico con hoyitos para que pudieran respirar. No fue un viaje agradable, pues iban rebotando dentro del tubo que además olía a curry viejo.

"Espero que tenga razón y que el cubo ese en verdad esté en la casa," murmuró Danny. "Podríamos estar en casa jugando con Piddle o llenando la alberca de agua, en vez de estar metidos en un tubo de plástico en el bolsillo de una científica loca, tratando de no marearnos. ¡Estoy aguantando las ganas de vomitar otra bola café!" Su cara verde estaba cada vez más verde.

Petty había dicho a su mamá que sus hijos le ayudarían en el jardín durante una media hora. Mamá pensó que sus hijos eran muy amables por ayudarla. Creía que Petty era una anciana adorable e inofensiva.

De pronto, les llegó un destello de luz a medida que el tubo se salía de la oscuridad del bolsillo del abrigo de Petty. La tapa se abrió abruptamente y dejo entrar una fresca brisa. Josh y Danny treparon con cuidado hacia el borde del tubo y vieron que estaba apoyado contra un precipicio largo y azul que tenía una cueva en forma de rectángulo. "Es el buzón de la puerta," dijo Josh. "Nos va a enviar por allí."

Petty metió sus enormes dedos rosados por la ranura y movió hacia arriba la tapa de metal amarillo del buzón. Josh y Danny saltaron por la abertura y se deslizaron por el fresco aire interior del pasillo.

Aterrizaron sobre las ásperas cerdas del tapete de bienvenida, justo al lado de un periódico gigante doblado.

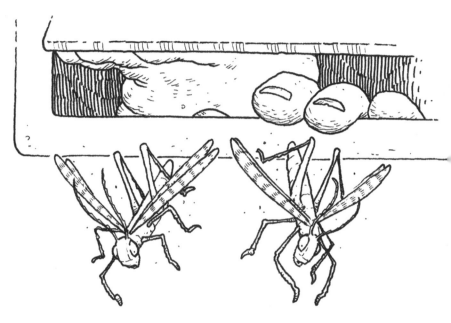

'EL ROBO ESTÁ A LA ALZA' decía el encabezado de la primera página, lo cual hizo que los chicos se sintieran aún más culpables.

"Vamos, no tenemos mucho tiempo," dijo Josh y se fue saltando por el pasillo hacia la sala. Alcanzó la altura de la repisa de arriba de la chimenea con un solo brinco. La larga tabla de pino estaba llena de tiradero: fotografías, adornos, cajas de cerillos, latas de tabaco, un par de alicates una jarra con tornillos y muchísimo polvo.

"¡Guácala!" se quejó Danny. Estaba paralizado al otro lado de la jarra de tornillos y hacía muecas de asco con las distintas partes de su boca verde. Junto a él había una araña patas arriba. Peluda, seca, del color de un palillo y más grande que él. Suerte que estaba muerta.

"¡Solo voltéate y vete de allí!" le aconsejó Josh. No podía creer que, después de todo lo que Danny había pasado, todavía tuviera miedo de una araña muerta.

Aunque suponía que era porque, hacía poco tiempo, casi había sido devorado por una.

Danny giró y saltó lejos de allí. Luego dejó escapar un chirrido de emoción. "¡Lo encontré! ¡Aquí está!"

Josh saltó por la repisa y encontró a su hermano mirando un cubo de vidrio grande, transparente y perfectamente recortado. Incluso bajo una capa de polvo, brillaba con luz de arcoíris y adentro, tallado delicadamente con rayo láser, podía verse el holograma de una serpiente con piel con diseño de diamantes, y cuyo cuerpo estaba enrollado como una cuerda, con la cabeza levantada, como lista para atacar. "Es hermoso," murmuró Danny. Se preguntó cuál sería la sexta parte que faltaba de la fórmula secreta de Petty.

"Sí lo es," agregó Josh. Y en eso, sintió un extraño cosquilleo y supo de inmediato lo que vendría. "Será mejor que bajemos de la repisa, ¡Ouch!" Se sentó sobre la alfombra y se sobó la cabeza donde se había golpeado contra el borde de piedra de la chimenea. "¡Fue un cambio brusco!" Ni siquiera había tenido tiempo de saltar de la repisa antes de convertirse de vuelta en niño.

Un segundo después, Danny le cayó encima.

"¡MUEVETE!" Josh empujó a su hermano.
"¡Podrías haber caído en otro lugar!"

"Lo siento," dijo Danny mientras se levantaba. "No me dio tiempo."

Volteó, tomó rápidamente el cubo SWITCH de la repisa y lo metió en el bolsillo de sus pantalones.

"¿QUÉ RAYOS ES TODO ESTO?" gritó una voz desde el pasillo.

Los muchachos se paralizaron horrorizados.
¡Estaban robando la casa del señor Grant y él estaba en ella!

Cubos, carcajadas y pastel

El señor Grant apareció furioso en el umbral de la puerta y con el periódico en la mano. Movía la cabeza mientras leía el encabezado.

"¿Qué es esto?" gritó de nuevo. "¿Que el robo está al alza? son puras tonterías." Dio vuelta al periódico al mismo tiempo que dos ladronzuelos se escondían detrás de su viejo sofá. "¡El club de Cricket a punto de cerrar!" resopló. "¡Pamplinas! ¡Los periódicos están llenos de pamplinas!"

Luego caminó por la habitación y se dejó caer sobre el sofá, provocando una gran nube de polvo. Josh y Danny se escabulleron detrás de ella, aguantaron la respiración y apretaron los ojos. Josh sintió que un estornudo iba formándose en su nariz y se la apretó desesperadamente. Si estornudaba los descubrirían.

"¡YUJU!" dijo una voz mientras sonaba el timbre. Como estaba medio sordo, el señor Grant había instalado un timbre muy fuerte. "¡Yuju!" dijo de nuevo la voz. Era Petty Potts intentando sonar amable.

"¿Qué?" gritó el señor Grant y fue de prisa hacia la puerta.

"Lo está distrayendo para que podamos escapar!" murmuró Danny, y tenía razón. En cuanto la puerta se abrió, Petty se metió a la casa y empezó a dirigir al señor Grant por el pasillo, directo hacia la cocina, evitando entrar a la sala.

"¡Me preguntaba si podría prestarme un poco de té!" gritaba. "Se me acabó y tengo invitados. No me da tiempo de ir corriendo a la tienda." Era una excusa bastante débil, pero era suficientemente buena para los muchachos. Salieron de su escondite tras el sofá y corrieron a toda prisa por el pasillo. Segundos después estaban en la calle, escondidos detrás de los arbustos.

"¡Muchas gracias!" agregó Petty a manera de despedida mientras se alejaba de la casa. "Y lamento lo sucedido ayer en el parque. Espero que no vuelva a pasar. ¡Los niños de verdad son suficientemente malos como para que encima de todo aparezcan niños imaginarios en las bancas de los parques!"

"¡Gracias!" murmuró Danny cuando los tres corrían por la calle.

"¿Lo encontraron? ¿Lo tienen?" preguntó Petty.

"¡Sí, sí!" contestó Danny.

"¡Podría darnos las gracias!" dijo Josh.

"Miren, no son los únicos que tuvieron que sacrificarse," resopló Petty. "Tuve que aceptar salir a cenar un día con el señor 'dientes amarillos' para darles tiempo suficiente para escapar."

Cuando llegaron a la cocina de Petty, Danny sacó el cubo SWITCH y lo puso en la mesa.

"¡Qué maravilla!" suspiró Petty al mismo tiempo que lo tomaba y lo paseaba sobre la palma de su mano. "¡Tres de seis! ¡Estamos a mitad del camino!" Abrió la caja verde y puso el cubo junto a los otros dos. "Un día muy pronto," murmuró, se paró muy derecha y soltó una loca carcajada, "¡los tendremos todos! ¡Y entonces nada me detendrá! ¡Te acordarás de mí, Victor Crouch! ¡Ya lo verás, no sé cómo, pero te acordarás!

Seguía agitando el puño, carcajeándose y con la mirada perdida, cuando de pronto se dio cuenta de que Josh y Danny la veían algo molestos con los brazos cruzados.

"¿Habrá forma de que deje de actuar como genio malvado y nos dé un poco de pastel?" preguntó Danny,

"Está bien," dijo Petty.

NOTA *592.4

TEMA: CUBO REPTO—SWITCH RECUPERADO

¡Excelentes noticias! Trabajar con Danny y Josh ha sido realmente bueno, después de que hoy los convencí de convertirse en grillos otra vez para entrar a la casa de 'dientes amarillos' y recuperar mi cubo REPTO—SWITCH.

Todo estuvo a punto de arruinarse porque resultó que el zoquete apestoso estaba en su casa, cuando se suponía que debía estar fuera, pero logré usar mis encantos para distraerlo y que los chicos pudieran escapar. (Nota para mí misma: todavía soy adorable). Y también fue muy útil que mis cálculos de la duración del spray fueran correctos.

RECUERDA

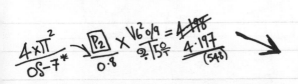

Es impresionante que haya logrado convencer de nuevo a los chicos para que convirtieran después de su experiencia de ayer. Casi fueron aplastados y devorados por un gato. Sería muy mala suerte que fueran apachurrados y digeridos antes de que podamos tener avances. De cierta forma estoy encariñada con ellos, ¡pero sería terrible para la ciencia!

Aun así, la idea de convertirse en reptiles gigantes algún día parece atraerles bastante. Por cierto, hablando de reptiles gigantes, voy a averiguar en dónde está trabajando Victor Crouch ahora. Tal vez sigue en los laboratorios secretos del gobierno a cargo en Berkshire, y quizá pueda conseguir entrar. Seguramente todavía tiene esa extraña uña negra y picuda, pero me pregunto si le habrán crecido las cejas luego de que ese experimento del vello corporal saliera mal... espero que no. Un hombre como Victor Crouch no merece un buen par de cejas. Algún día lo encontraré, lo confrontaré y lo haré confesar que robó mi trabajo y quemó mi memoria.

Pero mientras tanto, en cuanto a Josh y a Danny, mantendré mi promesa y nunca más los haré probar otro spray o poción. Ni los engañaré. Ni los sobornaré. Ni nada por el estilo.
Probablemente.

GLOSARIO

Antena—Parte larga y delgada que sale de la frente de los insectos. Las moscas usan las antenas para oler y sentir su entorno.

Celular—Algo hecho de un grupo de células vivas.

Hexagonal—Una forma que tiene seis lados.

Holograma—Imagen hecha con rayo láser que parece tener tres dimensiones (3D).

Insecto—Animales con seis patas y tres partes del cuerpo: cabeza, tórax y abdomen.

Langostas—Insectos que se reproducen muy rápido y vuelan en grandes grupos llamados enjambres. Un enjambre de langostas puede causar un gran daño a las cosechas.

Mamífero—Animales que dan a luz a sus crías y las alimentan con su propia leche. Los humanos y las ratas son mamíferos.

GLOSARIO

Papilas—Antenas que usan las arañas para buscar comida.

Plaga—Conocida también como la muerte negra, la plaga fue una terrible enfermedad. Las moscas que vivían sobre las ratas eran portadoras de la misma y la contagiaban a los humanos. Algunos animales o insectos pueden transmitir enfermedades y dañar las cosechas. Las ratas pueden ser una plaga.

Reptiles—Animales de sangre fría. Los lagartos y las serpientes son reptiles.

Secuestro—Tomar control de algo a la fuerza.

Tórax—Sección del cuerpo de una araña entre la cabeza y el abdomen.

Trompa—También conocida como probóscide, es un órgano largo que forma parte de la boca y sirve para aspirar comida.

LUGARES PARA VISITAR

¿Quieres aumentar tu conocimiento sobre los insectos? Esta es una lista de lugares a los que puedes ir:

Museos de historia natural

Zoológicos

Bibliotecas

Recuerda que no necesitas ir muy lejos para encontrar a tus bichos favoritos. Sal al jardín o a algún parque cercano para ver cuantas criaturas diferentes puedes ver.

SITIOS WEB

Aprende más sobre la vida salvaje y la naturaleza en los sitios siguientes:

http://www.bbc.co.uk/cbbc/wild/

http://www.nhm.ac.uk/kids-only/

http://kids.nationalgeographic.com/

http://www.switch-books.com.uk/

Acerca de la autora

Ali Sparks creció en los bosques de Hampshire. De hecho, para ser exactos creció en una casa en Hampshire. El bosque es genial pero no tiene las comodidades necesarias como sofás y refrigeradores bien surtidos. Sin embargo, ella pasaba mucho tiempo en el bosque con sus amigos y allí desarrolló un gran amor por la vida salvaje. Si alguna vez ves a Ali con una enorme araña sobre su hombro, lo más probable es que esté gritando "¡¡¡AYYYYYYYQUITEEEEEENMELAAAAA!!!"

Ali vive en Southampton con su esposo y sus dos hijos y jamás mataría a ningún bicho. Ellos le temen más a ella de lo que ella les teme a ellos. (Los bichos, no su esposo y sus hijos).

Otros títulos de la serie